紅樓夢第四十回

史太君兩宴大觀園　金鴛鴦三宣牙牌令

話說寶玉聽了忙進來看時只見琥珀站在屏風跟前說快去罷立等你說話呢寶玉來至上房只見賈母正和王夫人眾姐妹商議給史湘雲還席寶玉因說我有個主意既沒有外客吃的東西也別定了樣數誰素日愛吃的揀樣兒做幾樣也不必按桌席每人跟前擺一張高几各人愛吃的東西一兩樣再一個十錦攢心盒子自斟壺豈不別致賈母聽了說很是即命人傳與廚房明日就揀我們愛吃的東西做了按着人數再裝了盒子來早飯也擺在園裡吃商議之間早又掌燈一夕無話次日清早起來可喜這日天氣清朗李紈清晨起來看着老婆子丫頭們掃那些落葉並擦抹桌椅預備茶酒器皿只見豐兒帶了劉老老板兒進來說大奶奶倒忙的很李紈笑道我說你昨兒去不成只忙著要去劉老老笑道老太太留下我叫我也熱鬧一天去豐兒拿了幾把大小鑰匙說道我們奶奶說了外頭的高几兒怕不彀使不如開了樓把那收的拿下來使一天罷奶奶原該親自來因和太太說話呢請大奶奶開了帶著人搬罷李氏便命素雲接了鑰匙又命婆子出去把二門上小厮叫幾個來李氏站在大觀樓下往上看着命人上去開了綴錦閣一張一張的往下抬小厮老婆子丫頭一齊動手抬了二十多

張下來李紈道好生着别荒荒張張鬼赶著似的仔細碰了牙子又回頭向劉老老笑道老老也上去瞧瞧劉老老聽說巴不得一聲兒拉了板兒登梯上去進裡面只見烏壓壓的堆着些圍屏棹椅大小花燈之類雖不大認得只見五彩爛灼各有奇妙念了幾聲佛便下來了然後鎖上門一齊下来李紈道恐怕老太太高興越發把船上划子篙槳遮陽幔子都搬下來預備着衆人答應又復開了門色色的搬下來命小厮傳駕娘們到船塢裡撑出兩隻船來正亂着只見賈母已帶了一羣人進來了李紈忙迎上去笑道老太太高興倒進來了我只當還没梳頭呢纔掐了菊花要送去一面說一面碧月早已捧過一個大

荷葉式的翡翠盤子来裡面養着各色折枝菊花賈母便揀了一朶大紅的簪在鬓上因回頭看見了劉老老忙笑道過來帶花兒一語未完鳳姐兒便拉過劉老老來笑道讓我打扮你說着把一盤子花横三竪四的插了一頭賈母和衆人笑的了不得劉老老也笑道我這頭也不知修了什麽福今兒這樣體面起來衆人笑道你還不拔下來摔到他臉上呢把你打扮的成了老妖精了劉老老笑道我雖老了年輕時也風流愛個花兒粉兒的今兒索性作個老風流說話間已来至沁芳亭上丫鬟們抱了個大錦褥子来鋪在欄杆榻板上賈母倚欄坐下命劉老老也坐在旁邊因問他這園子好不好劉老老念佛說道我

們鄉下人到了年下都上城來買畫兒貼閒了的時候兒大家都說怎麽得到畫兒上逛逛想着畫兒也不過是假的那裡有這個真地方兒誰知今兒進這園裡一瞧竟比畫兒還强十倍怎麽得有人也照著這個園子畫一張我帶了家去給他們見見死了也得好處賈母聽說指著惜春笑道你瞧我這個小孫女兒他就會畫等明兒叫他畫一張如何劉老老聽了喜的忙跑過來拉著惜春說道我的姑娘你這麽大年紀兒又這麽個好模樣兒還有這個能幹别是個神仙托生的罷賈母衆人都笑了歇了歇又領著劉老老都見識見識先到了瀟湘館一進門只見兩邊翠竹夾路土地下蒼苔佈滿中間羊腸一條石子漫的甬路劉老老讓出路來與賈母衆人走自己却走土地琥珀拉他道老老你上來走看青苔滑倒了劉老老道不相干我們走熟了姑娘們只管走罷可惜你們的那鞋别沾了泥他只顧上頭和人說話不防脚底下果跴滑了咕咚一交跌倒衆人都拍手呵呵的大笑賈母笑駡道小蹄子們還不攙起來只站着笑說話時劉老老已爬起來了自己也笑了說道纔說嘴就打了嘴了賈母問他可扭了腰了没有叫丫頭們搥一搥劉老老道那裡說的我這麽嬌嫩了那一天不跌兩下子都要搥起來還了得呢紫鵑早打起湘簾賈母等進來坐下黛玉親自用小茶盤兒捧了一蓋碗茶來奉與賈母王夫人道我們不吃茶姑娘

不用倒了黛玉聽說便命丫頭把自已窗下常坐的一張椅子挪到下手請王夫人坐了劉老老因見窗下案上設着筆硯又見書架上放着滿滿的書劉老老道這必定是那一位哥兒的書房了賈母笑指黛玉道這是我這外孫女兒的屋子劉老老留神打量了黛玉一番方笑道這那裡像個小姐的綉房竟比那上等的書房還好呢賈母因問寶玉怎麽不見衆丫頭們答說在池子裡船上呢賈母道誰又預備下船了李紈忙回說纔開樓拿的我恐怕老太太高興就預備下了賈母聽了方欲說話時有人回說姨太太來了賈母等剛站起來只見薛姨媽早進來了一面歸坐笑道今兒老太太高興這早晚就來了賈母

笑道我纔說來遲了的要罰他不想姨太太就來遲了說笑一回賈母因見窗上紗顏色舊了便和王夫人說道這個紗新糊上好看過了後兒就不翠了這院子裡頭又沒有個桃杏樹這竹子已是綠的再拿綠紗糊上反倒不配我記得咱們先有四五樣顏色糊窗的紗呢明兒給他把這窗上的換了鳳姐兒忙道昨兒我開庫房看見大板箱裡還有好幾疋銀紅蟬翼紗也有各樣折枝花樣的也有流雲蝙蝠花樣的也有百蝶穿花花樣的顏色又鮮紗又輕軟我竟沒見這個樣的拿了兩疋出來做兩床綿紗被想來一定是好的賈母聽了笑道呸人人都說你沒有沒經過沒見過的連這個紗還不能認得明兒還說嘴

薛姨媽等都笑說凴他怎麽經過見過怎麽敢比老太太呢老太太何不教導了他連我們也聽聽鳳姐兒也笑說好祖宗教給我罷賈母笑向薛姨媽衆人道那個紗比你們的年紀還大呢怪不得他認做蟬翼紗原也有些像不知道的都認做蟬翼紗正經名字叫軟烟羅鳳姐兒道這個名兒也好聽只是我這麽大了紗羅也見過幾百樣從沒聽見過這個名色賈母笑道你能活了多大見過幾樣東西就說嘴來了那個軟烟羅只有四樣顏色一樣雨過天青一樣秋香色一樣松綠的一樣就是銀紅的若是做了帳子糊了窗屜遠遠的看着就和烟霧一樣所以叫做軟煙羅那銀紅的又叫做霞影紗如今上用的府紗

也沒有這樣軟厚輕密的了薛姨媽笑道別說鳳丫頭沒見連我也沒聽見過鳳姐兒一面說話早命人取了一疋來了賈母說可不是這個先時原不過是糊窗屜後來我們拿這個做被做帳子試試也竟好明日就找出幾疋來拿銀紅的替他糊窗戶鳳姐答應着衆人看了都稱讚不已劉老老也覷着眼看口裡不住的念佛說道我們想做衣裳也不能拿着糊牕子豈不可惜賈母道倒是做衣裳不好看鳳姐忙把自巳身上穿的一件大紅綿紗襖的襟子拉出來向賈母薛姨媽道看我的這襖兒賈母薛姨媽都說這也是上好的了這是如今上用內造的竟比不上這個鳳姐兒道這個薄片子還說是內造上用呢竟

連這個官用的也比不上啊賈母道再找一找只怕還有要有就都拿出来送這劉親家兩疋有雨過天青的我做一個帳子掛上剩的配上裡子做些個夾坎肩兒給丫頭們穿白收着霉壞了鳳姐兒忙答應了仍命人送去賈母便笑道這屋裡窄再往别處逛去罷劉老老笑道人人都說大家子住大房昨兒見了老太太正房配上大箱大櫃大棹子大床果然威武那櫃子比我們一間房子還大還高怪道後院子裡有個梯子我想又不上房晒東西預備這梯子做什麼後來我想起來一定是為開頂櫃取東西離了那梯子怎麼上得去呢如今又見了這小屋子更比大的越發齊整了滿屋裡東西都只好看可不知叫

什麼我越看越捨不得離了這裡了鳳姐道還有好的呢我都帶你去瞧瞧說着一逕離了瀟湘館遠遠望見池中一羣人在那裡撑船賈母道他們既備下船咱們就坐一回說着向紫菱洲蓼溆一帶走來未至池前只見幾個婆子手裡都捧着一色攢絲戧金五彩大盒子走来鳳姐忙問王夫人早飯在那裡擺王夫人道問老太太在那裡就在那裡罷了賈母聽說便回頭說你三妹妹那裡好你就帶了人擺去我們從這裡坐了船去鳳姐兒聽說便回身和李紈探春鴛鴦琥珀帶著端飯的人等抄着近路到了秋爽齋就在曉翠堂上調開桌案鴛鴦笑道天天偺們說外頭老爺們吃酒吃飯都有個凑趣兒的拿他取笑

兒偺們今兒也得了個女淸客了李紈是個厚道人倒不理會鳳姐兒却聽着是說劉老老便笑道偺們今兒就拿他取個笑兒二人便如此這般商議李紈笑勸道你們一點好事兒不做又不是個小孩兒還這麽淘氣仔細老太太說鴛鴦笑道很不與大奶奶相干有我呢正說着只見賈母等來了各自隨便坐下先有丫鬟挨人遞了茶大家吃畢鳳姐手裡拿着西洋布手巾裹着一把烏木三鑲銀箸按席擺下賈母因說把那一張小楠木棹子抬過來讓劉親家挨着我這邊坐衆人聽說忙擡過來鳳姐一面遞眼色與鴛鴦鴛鴦便忙拉劉老老出去悄悄的囑咐了劉老老一席話又說這是我們家的規矩要錯了我們

就笑話呢調停已畢然後歸坐薛姨媽是吃過飯來的不吃了只坐在一邊吃茶賈母帶着寶玉湘雲黛玉寶釵一棹王夫人帶着迎春姐妹三人一桌劉老老挨着賈母一棹賈母素日吃飯皆有小丫鬟在旁邊拿着漱盂麈尾巾帕之物如今鴛鴦是不當這差的了今日偏接過麈尾來拂着丫鬟們知他要捉弄劉老老便躲開讓他鴛鴦一面侍立一面遞眼色劉老老道姑娘放心那劉老老入了坐拿起箸來沉甸甸的不伏手原是鳳姐和鴛鴦商議定了单拿了一雙老年四楞象牙鑲金的快子給劉老老劉老老見了說道這個叉巴子比我們那裡的鐵掀還沉那裡拿的動他說的衆人都笑起來只見一個媳婦端了

一個盒子站在當地一個丫鬟上來揭去盒蓋裡面盛着兩碗菜李紈端了一碗放在賈母桌上鳳姐偏揀了一碗鴿子蛋放在劉老老桌上賈母這邊說聲請劉老老便站起身來高聲說道老劉老劉食量大如牛吃個老母猪不抬頭說完却鼓着腮幫子兩眼直視一聲不語衆人先還發怔後來一想上上下下都一齊哈哈大笑起來湘雲掌不住一口茶都噴出來黛玉笑岔了氣伏着桌子只叫噯喲寶玉滾到賈母懷裡賈母笑的摟着叫心肝王夫人笑的用手指着鳳姐兒却說不出話來薛姨媽也掌不住口裡的茶噴了探春一裙子探春的茶碗都合在迎春身上惜春離了坐位拉着他奶母叫揉揉腸子地下無一

個不彎腰屈背也有躲出去蹲着笑去的也有忍着笑上來替他姐妹換衣裳的獨有鳳姐鴛鴦二人掌着還只管讓劉老老劉老老拿起箸來只覺不聽使又道這裡的雞兒也俊下的這蛋也小巧怪俊的我且得一個兒衆人方住了笑聽見這話又笑起來賈母笑的眼淚出來只忍不住琥珀在後搥著賈母笑道這定是鳳丫頭促俠鬼兒鬧的快别信他的話了那劉老老正誇鷄蛋小巧鳳姐兒笑道一兩銀子一個呢你快嚐嚐罷冷了就不好吃了劉老老便伸快子要夾那裡夾的起來滿碗裡鬧了一陣好容易撮起一個來纔伸着脖子要吃偏又滑下來滾在地下忙放下快子要親自去揀早有地下的人揀出去了

了劉老老歎道一兩銀子也没聽見個響聲兒就没了衆人已没心吃飯都看着他取笑賈母又說誰這會子又把那個快子拿出來了又不請客擺大筵席都是鳳丫頭支使的還不換了呢地下的人原不曾預備這牙筯本是鳳姐和鴛鴦拿了來的聽如此說忙收過去了也照樣換上一雙烏木鑲銀的劉老老道去了金的又是銀的到底不及俺們那個伏手鳳姐兒道菜裡要有毒這銀子下去了就試的出來劉老老道這個菜裡有毒我們那些都成了砒霜了那怕毒死了也要吃盡了賈母見他如此有趣吃的又香甜把自已的菜也都端過來給他吃又命一個老嬤嬤來將各樣的菜給板兒夾在碗上一時吃畢賈

母等都往探春卧室中去閒話這裡收拾殘棹又放了一棹劉老老看着李紈與鳳姐兒對坐着吃飯歎道别的罷了我只愛你們家這行事怪道說禮出大家鳳姐兒忙笑道你可别多心纔剛不過大家取樂兒一言未了鴛鴦也進來笑道老老别惱我給你老人家賠個不是兒罷劉老老忙笑道姑娘說那裡的話偺們哄着老太太開個心兒有什麼惱的你先囑咐我我就明白了不過大家取笑兒我要惱也就不說了鴛鴦便罵人爲什麼不倒茶給老老吃劉老老忙道纔剛那個嫂子倒了茶來我吃過了姑娘也該用飯了鳳姐兒便拉鴛鴦坐下道你和我們吃罷省了回來又鬧鴛鴦便坐下了婆子們添上碗筯來三

人吃畢劉老老笑道我看你們這些人都只吃這一點兒就完了虧你們也不餓怪道風兒都吹的倒鴛鴦便問今兒剩的不少都那裡去了婆子們道都還沒散呢在這裡等着一齊散給他們吃鴛鴦道他們吃不了這些挑兩碗給二奶奶屋裡平丫頭送去鳳姐道他早吃了飯了不用給他鴛鴦道他吃不了喂你的猫婆子聽了忙揀了兩樣拿盒子送去鴛鴦道素雲那裡去了李紈道他們都在這裡一處吃又找他做什麽鴛鴦道這罷就了鳳姐道襲人不在這裡你倒是叫人送兩樣給他去鴛鴦聽說便命人也送兩樣去鴛鴦又問婆子們出來吃酒的攢盒可裝上了婆子道想必還得一會子鴛鴦道催着些兒婆子答應了鳳姐等來至探春房中只見他娘兒們正說笑探春素喜濶朗這三間屋子並不曾隔斷當地放着一張花梨大理石大案案上堆着各種名人法帖並數十方寶硯各色筆筒筆海內插的筆如樹林一般那一邊設著斗大的一個汝窰花囊插着滿滿的一囊水晶毬的白菊西墻上當中掛着一大幅米襄陽烟雨圖左右掛著一幅對聯乃是顔魯公墨跡其聯云

烟霞閒骨格　泉石野生涯

案上設着大鼎左邊紫檀架上放着一個大官窰的大盤盤內盛着數十個嬌黃玲瓏大佛手右邊洋漆架上懸着一個白玉比目磬傍邊掛着小槌那板兒略熟了些便要摘那槌子去擊

丫鬟們忙攔住他他又要那佛手吃探春揀了一個給他說頑罷吃不得的東邊便設着臥榻拔步床上懸著葱綠雙綉花卉草蟲的紗帳板兒又跑來看說這是蟈蟈這是螞蚱劉老老忙打了他一巴掌道下作黃子沒干沒淨的亂鬧倒叫你進來瞧瞧就上臉了打的板兒哭起來衆人忙勸解方罷賈母隔著紗牕往院內看了一回因說道後廊簷下的梧桐也好了只是細些正說話忽一陣風過隱隱聽得鼓樂之聲賈母問是誰家娶親呢這裡臨街倒近王夫人等笑回道街上的那裡聽的見這是偺們的那十來個女孩子們演習吹打呢賈母便笑道旣他們演何不叫他們進來演習他們也逛一逛偺們也樂了不

好鳳姐聽說忙命人出去叫來赶著吩咐擺下條桌鋪上紅毡子賈母道就鋪排在藕香榭的水亭子上借著水音更好聽回來偺們就在綴錦閣底下吃酒又寬濶又聽的近衆人都說好賈母向薛姨媽笑道偺們走罷他們姐妹們都不大喜歡人來生怕腌臢了屋子偺們別沒眼色兒正經坐會子船喝酒去罷說着大家起身便走探春笑道這是那裡的話求着老太太姨媽太太來坐坐還不能呢賈母笑道我的這三丫頭倒好只有兩個玉兒可惡回来喝醉了偺們偏往他們屋裡鬧去說着衆人都笑了一齊出來走不多遠已到了荇葉渚那姑蘇選來的幾個駕娘早把兩隻棠木舫撑來衆人扶了賈母王夫人薛

姨媽劉老老鴛鴦玉釧兒上了這一隻船次後李紈也跟上去鳳姐也上去立在船頭上也要撑船賈母在艙內道那不是頑的雖不是河裡也有好深的你快給我進來鳳姐笑道怕什麽老祖宗只管放心說着便一篙點開到了池當中船小人多鳳姐只覺亂晃忙把篙子遞與駕娘方蹲下去然後迎春姐妹等並寶玉上了那隻隨後跟來其餘老嬷嬷衆丫鬟俱沿河隨行寶玉道這些破荷葉可恨怎麽還不叫人來拔去寶釵笑道今年這幾日何曾饒了這園子閑了一閑天天逛那裡還有叫人來收拾的工夫呢黛玉道我最不喜歡李義山的詩只喜他這一句留得殘荷聽雨聲偏你們又不留着殘荷了寶玉道果然好句已後偺們别叫拔去了說着已到了花漵的蘿港之下覺得陰森透骨兩灘上衰草殘菱更助秋興賈母因見岸上的清厦曠朗便問這是薛姑娘的屋子不是衆人道是賈母忙命攏岸順着雲步石梯上去一同進了蘅蕪苑只覺異香撲鼻那些奇草仙藤愈冷愈蒼翠都結了實似珊瑚豆子一般纍垂可愛及進了房屋雪洞一般一色的玩器全無案上止有一個土定瓶瓶中供着數枝菊花兩部書茶奩茶杯而已床上只吊着青紗帳幔衾褥也十分朴素賈母歎道這孩子太老實了你沒有陳設何妨和你姨娘要些我也沒理論也沒想到你們的東西自然在家裡沒帶了來說着命鴛鴦去取些古董來又嗔着鳳

姐兒不送些玩器來給你妹妹這樣小器王夫人鳳姐等都笑回說他自己不要麽我們原送了來都退回去了薛姨媽也笑說道他在家裡也不大弄這些東西賈母搖頭道那使不得雖然他省事倘或來個親戚看着不像二則年輕的姑娘們房裡這麽素淨也忌諱我們這老婆子越發該住馬圈去了你們聽那些書上戲上說的小姐們的繡房精緻的還了得呢他們姐妹們雖不敢比那些小姐們也別很離了格兒有現成的東西爲什麽不擺呢要狠愛素淨少幾樣倒使得我最會收拾屋子如今老了沒這個閒心了他們姐妹們也還學著收拾的好只怕俗氣有好東西也擺壞了我看他們還不俗如今等我替你收拾包管又大方又素淨我的兩件體己收到如今沒給寶玉看見過若經了他的眼也沒了說着叫過鴛鴦來吩咐道你把那石頭盆景兒和那架紗照屏還有個墨烟凍石鼎拿來這三樣擺在這案上就彀了再把那水墨字畫白綾帳子拿來把這帳子也換了鴛鴦答應着笑道這些東西都擱在東樓上不知那個箱子裡還得慢慢找去明兒再拿去也罷了賈母道明日後日都使得只別忘了說着坐了一回方出來一逕來至綴錦閣下文官等上來請過安因問演習何曲賈母道只揀你們熟的演習幾套罷文官等下來往藕香榭去不提這裡鳳姐已帶着人擺設齊整上面左右兩張榻榻上都鋪着錦裀蓉簟每一

榻前兩張雕漆几也有海棠式的也有梅花式的也有荷葉式的也有葵花式的也有方的有圓的其式不一一個上頭放着一分爐瓶一個攢盒上面二榻四几是賈母薛姨媽下面一椅兩几是王夫人的餘者都是一椅一几東邊劉老老劉老老之下便是王夫人西邊便是湘雲第二便是寶釵第三便是黛玉第四迎春探春惜春挨次排下去寶玉在末李紈鳳姐二人之几設於三層檻內二層紗櫥之外攢盒式樣亦隨几之式樣每人一把烏銀洋鏨自斟壺一個十錦琺瑯杯大家坐定賈母先笑道偺們先吃兩杯今日也行一個令纔有意思薛姨媽笑說道老太太自然有好酒令我們如何會呢安心叫我們醉了我們都多吃兩杯就有了賈母笑道姨太太今兒也過謙起來想是厭我老了薛姨媽笑道不是謙只怕行不上來倒是笑話了王夫人忙笑道便說不上來只多吃了一杯酒醉了睡覺去還有誰笑話偺們不成薛姨媽點頭笑道依令老太太到底吃一杯令酒纔是賈母笑道這個自然說着便吃了一杯鳳姐兒忙走至當地笑道旣行令還叫鴛鴦姐姐來行纔好衆人都知賈母所行之令必得鴛鴦提着故聽了這話都說很是鳳姐便拉着鴛鴦過來王夫人笑道旣在令內沒有站着的理回頭命小丫頭子端一張椅子放在你二位奶奶的席上鴛鴦也半推半就謝了坐便坐下也吃了一鍾酒笑道酒令大如軍令不論尊

卑惟我是主還了我的話是要受罰的王夫人等都笑道一定如此快些說鴛鴦未開口劉老老便下席擺手道別這樣捉弄人我家去了衆人都笑道這却使不得鴛鴦喝令小丫頭子們拉上席去小丫頭子們也笑着果然拉入席中劉老老只叫饒了我罷鴛鴦道再多言的罰一壺劉老老方住了鴛鴦道如今我說骨牌副兒從老太太起順領下去至劉老老止比如我說一副兒將這三張牌拆開先說頭一張再說第二張說完了合成這一副兒的名字無論詩詞歌賦成語俗話比上一句都要合韻錯了的罰一杯衆人笑道這個令好就說出來鴛鴦道有了一副了左邊是張天賈母道頭上有青天衆人道好鴛鴦道

當中是個五合六賈母道六橋梅花香徹骨鴛鴦道剩了一張六合么賈母道一輪紅日出雲霄鴛鴦道湊成却是個蓬頭鬼賈母道這鬼抱住鍾馗腿說完大家笑著喝彩賈母飲了一杯鴛鴦又道又有一副了左邊是個大長五薛姨媽道梅花朶朶風前舞鴛鴦道右邊是個大五長薛姨媽道十月梅花嶺上香鴛鴦道當中二五是雜七薛姨媽道織女牛郎會七夕鴛鴦道湊成二郎遊五岳薛姨媽道世人不及神仙樂說完大家稱賞飲了酒鴛鴦又道有了一副了左邊長么兩點明湘雲道雙懸日月照乾坤鴛鴦道右邊長么兩點明湘雲道閑花落地聽無聲鴛鴦道中間還得么四來湘雲道日邊紅杏倚雲栽鴛鴦道

湊成一個櫻桃九熟湘雲道御園却被鳥啣出說完飲了一杯鴛鴦道有了一副了左邊是長三寶釵道雙雙燕子語梁間鴛鴦道右邊是三長寶釵道水荇牽風翠帶長鴛鴦道當中三六九點在寶釵道三山半落青天外鴛鴦道湊成鐵鎖練孤舟寶釵道處處風波處處愁說完飲畢鴛鴦又道左邊一個天黛玉道良辰美景奈何天寶釵聽了回頭看着他黛玉只顧怕罰也不理論鴛鴦道中間錦屏顏色俏黛玉道紗窗也沒有紅娘報鴛鴦道剩了二六八點齊黛玉道雙瞻玉坐引朝儀鴛鴦道湊成藍子好採花黛玉道仙杖香挑芍藥花說完飲了一口鴛鴦道左邊四五成花九迎春道桃花帶雨濃衆人笑道該罰錯了

韻而且又不像迎春笑着飲了一口原是鳳姐和鴛鴦都要聽劉老老的笑話兒故意都叫說錯了至王夫人鴛鴦便代說了一個下便該劉老老劉老老道我們庄家閑了也常會幾個人弄這個兒可不像這麽好聽就是了少不得我也試試衆人都笑道容易說的你只管說不相干鴛鴦笑道左邊大四是個人劉老老聽了想了半日說道是個庄家人罷衆人閧堂笑了賈母笑道說的好就是這麽說劉老老也笑道我們庄家人不過是現成的本色兒姑娘姐姐別笑鴛鴦道中間三四綠配紅劉老老道大火燒了毛毛蟲衆人笑道這是有的還說你的本色鴛鴦笑道右邊么四真好看劉老老道一個蘿蔔一頭蒜衆人

又笑了鴛鴦笑道湊成便是一枝花劉老老兩隻手比着也要笑却又掌住了說道花兒落了結個大倭瓜衆人聽了由不的大笑起來只聽外面亂嚷嚷的不知何事且聽下回分解

紅樓夢第四十回終

賈寶玉品茶櫳翠菴　劉老老醉卧怡紅院

話說劉老老兩隻手比着說道花兒落了結個大倭瓜衆人聽了鬨堂大笑起來於是吃過門盃因又鬥趣笑道今兒寔說罷我的手脚子粗又喝了酒仔細失手打了這磁盃有木頭的盃取個來我就失了手掉了地下也無碍衆人聽了又笑起來鳳姐兒聽如此說便忙笑道果眞要木頭的我就取了來可有一句話先說下這木頭的可比不得磁的那都是一套定要吃遍一套纔算呢劉老老聽了心下敁敠道我方纔不過是趣話取笑兒誰知他果眞竟有我時常在鄉紳大家也赴過席金盃銀

盃倒都也見過從沒見有木頭盃的哦是了想必是小孩子們使的木碗兒不過誆我多喝兩碗別管他橫竪這酒蜜水兒似的多喝點子也無妨想畢便說取來再商量鳳姐因命豐兒前面裡間書架子上有十個竹根套盃取來豐兒聽了纔要去取鴛鴦笑道我知道你那十個杯還小况且你纔說木頭的這會子又拿了竹根的來倒不好看不如把我們那裡的黃楊根子整刓的十個大套杯拿來灌他十下子鳳姐兒笑道更好了鴛鴦果命人取來劉老老一看又驚又喜驚的是一連十個挨次大小分下來那大的足足的像個小盆子極小的還有手裡的杯子兩個大喜的是雕鏤竒絶一色山水樹木人物並有草字

以及圓印因忙說道拿了那小的來就是了鳳姐兒笑道這個杯沒有這大量的所以沒人敢使他老老既要好容易找出來必定要挨次吃一遍纔使得劉老老唬的忙道這個不敢好姑奶奶饒了我罷賈母薛姨媽王夫人知道他有年紀的人禁不起忙笑道說是說笑是笑不可多吃了只吃這頭一杯罷劉老老道阿彌陀佛我還是小杯吃罷把這大杯收着我帶了家去慢慢的吃罷說的衆人又笑起來鴛鴦無法只得命人滿斟了一大杯劉老老兩手捧着喝賈母薛姨媽都道慢些別嗆了薛姨媽又命鳳姐兒佈個菜兒鳳姐笑道老老要吃什麽說出名兒來我夾了喂你劉老老道我知道什麽名兒樣樣都是好的

賈母笑道把茄鯗夾些喂他鳳姐兒聽說依言夾些茄鯗送入劉老老口中因笑道你們天天吃茄子也嚐嚐我們這茄子弄的可口不可口劉老老笑道別哄我了茄子跑出這個味兒來了我們也不用種糧食只種茄子了衆人笑道真是茄子我們再不哄你劉老老詫異道真是茄子我白吃了半日姑奶奶再喂我些這一口細嚼嚼鳳姐兒果又夾了些放入他口內劉老老細嚼了半日笑道雖有一點茄子香只是還不像是茄子告訴我是個什麽法子弄的我也弄着吃去鳳姐兒笑道這也不難你把纔下來的茄子把皮籤了只要淨肉切成碎釘子用雞油炸了再用雞肉脯子合香菌新筍蘑菇五香豆腐乾子各色

乾菓子都切成釘兒拿鷄湯喂乾了拿香油一收外加糟油一拌盛在磁罐子裡封嚴了要吃的時候兒拿出來用炒的鷄瓜子一拌就是了劉老老聽了搖頭吐舌說我的佛祖倒得多少隻鷄配他怪道這個味兒一面笑一面慢慢的吃完了酒還只管細玩那盃子鳳姐笑道還不足興再吃一盃罷劉老老忙道了不得那就醉死了我因爲愛這樣兒好看虧他怎麼做來着鴛鴦笑道酒喝完了到底這盃子是什麼木頭的劉老老笑道怨不得姑娘不認得你們在這金門綉戶裡那裡認的木頭我們成日家和樹林子做街坊困了枕着他睡乏了靠著他坐荒年間餓了還吃他眼睛裡天天見他耳朵裡天天聽他嘴兒裡天天說他所以好歹真假我是認得的讓我認認一面說一面細細端詳了半日道你們這樣人家斷沒有那賤東西那容易得的木頭你們也不收着了我掂着這麼體沉這再不是楊木一定是黃松做的衆人聽了鬨堂大笑起來只見一個婆子走來請問賈母說姑娘們都到了藕香榭請示下就演罷還是再等一會兒呢賈母忙笑道可是倒忘了就叫他們演罷那婆子答應去了不一時只聽得簫管悠揚笙笛並發正值風清氣爽之時那樂聲穿林度水而來自然使人神怡心曠寶玉先禁不住拿起壺來斟了一盃一口飲盡復又斟上纔要飲只見王夫人也要飲命人換煖酒寶玉連忙將自己的盃捧了過來送到

王夫人口邊王夫人便就他手內吃了兩口一時煖酒來了寶玉仍歸舊坐王夫人提了煖壺下席來衆人都出了席薛姨媽也站起來賈母忙命李鳳二人接過壺來讓你姨媽坐了大家纔便王夫人見如此說方將壺遞與鳳姐兒自已歸坐賈母笑道大家吃上兩盃今日寔在有趣說着擎盃讓薛姨媽又向湘雲寶釵道你姊妹兩個也吃一盃你林妹妹不大會吃也別饒他說着自已也乾了湘雲寶釵黛玉也都吃了當下劉老老聽見這般音樂且又有了酒越發喜的手舞足蹈起來寶玉因下席過來向黛玉笑道你瞧劉老老的樣子黛玉笑道當日聖樂一奏百獸率舞如今纔一牛耳衆姐妹都笑了須臾樂止薛姨

媽笑道大家的酒也都有了且出去散散再坐罷賈母也正要散散於是大家出席都隨着賈母遊玩賈母因要帶著劉老老散悶遂攜了劉老老至山前樹下盤桓了半晌又說給他這是什麼樹這是什麼石這是什麼花劉老老一一領會又向賈母道誰知城裡不但人尊貴連雀兒也是尊貴的偏這雀兒到了你們這裡他也變俊了也會說話了衆人不解因問什麼雀兒變俊了會說話劉老老道那廊上金架子上站的綠毛紅嘴是鸚哥兒我是認得的那籠子裡的黑老鴰子又長出鳳頭兒來也會說話呢衆人聽了又都笑起來一時只見丫頭們來請用點心賈母道吃了兩杯酒倒也不餓也罷就拿了來這裡大家

不要佛手了當下賈母等吃過了茶又帶了劉老老至櫳翠庵來妙玉相迎進去衆人至院中見花木繁盛賈母笑道倒底是他們修行的人沒事常常修理比別處越發好看一面說一面便往東禪堂來妙玉笑往裡讓賈母道我們纔都吃了酒肉你這裡頭有菩薩冲了罪過我們這裡坐坐把你的好茶拿來我們吃一杯就去了寶玉留神看他是怎麼行事只見妙玉親自捧了一個海棠花式雕漆填金雲龍獻壽的小茶盤裡面放一個成窰五彩小蓋鍾捧與賈母賈母道我不吃六安茶妙玉笑說知道這是老君眉賈母接了又問是什麼水妙玉道是舊年蠲的雨水賈母便吃了半盞笑着遞與劉老老說你嚐嚐這個

茶劉老老便一口吃盡笑道好是好就是淡些再熬濃些更好了賈母衆人都笑起來然後衆人都是一色的官窰脫胎填白蓋碗那妙玉便把寶釵黛玉的衣襟一拉二人隨他出去寶玉悄悄的隨後跟了來只見妙玉讓他二人在耳房內寶釵便坐在榻上黛玉便坐在妙玉的蒲團上妙玉自向風爐上煽滾了水另泡了一壺茶寶玉便輕輕走進來笑道你們吃體巳茶呢二人都笑道你又赶了來撤茶吃這裡並沒你吃的妙玉剛要去取杯只見道婆收了上面茶盞來妙玉忙命將那成窰的茶杯別收了擱在外頭去罷寶玉會意知為劉老老吃了他嫌腌臢不要了又見妙玉另拿出兩隻杯來一個傍邊有一耳杯上

鐫着瓠瓟斝三個隸字後有一行小真字是王愷珍玩又有宋元豐五年四月眉山蘇軾見於秘府一行小字妙玉斟了一斝遞與寶釵那一隻形似鉢而小也有三個垂珠篆字鐫着點犀䀉妙玉斟了一䀉與黛玉仍將前番自已常日吃茶的那隻綠玉斗來斟與寶玉寶玉笑道常言世法平等他兩個就用那樣古玩奇珍我就是個俗器了妙玉道這是俗器不是我說狂話只怕你家裡未必找的出這麽一個俗器來呢寶玉笑道俗語說隨鄉入鄉到了你這裡自然把這金珠玉寶一概貶爲俗器了妙玉聽如此說十分歡喜遂又尋出一隻九曲十環一百二十節蟠虬整雕竹根的一個大盞出來笑道就剩了這一個你

可吃的了這一海寶玉喜的忙道吃的了妙玉笑道你雖吃的了也沒這些茶你遭塌豈不聞一杯爲品二杯即是解渴的蠢物三杯便是飲驢了你吃這一海更成什麽說的寶釵黛玉寶玉都笑了妙玉執壺只向海內斟了約有一杯寶玉細細吃了果覺輕淳無比賞讚不絕妙玉正色道你這遭吃茶是托他兩個的福獨你來了我是不能給你吃的寶玉笑道我深知道我也不領你的情只謝他二人便了妙玉聽了方說這話明白黛玉因問這也是舊年的雨水妙玉冷笑道你這麽個人竟是大俗人連水也嚐不出來這是五年前我在元墓蟠香寺住着收的梅花上的雪統共得了那一鬼臉青的花甕一甕總捨不得

吃埋在地下今年夏天纔開了我只吃過一回這是第二回了你怎麽嘗不出來隔年蠲的雨水那有這樣清淳如何吃得寶釵知他天性怪僻不好多話亦不好多坐吃過茶便約着黛玉走出來寶玉和妙玉陪笑說道那茶盃雖然腌臢了白撂了豈不可惜依我說不如就給了那貧婆子罷他賣了也可以度日你說使得麽妙玉聽了想了一想點頭說道這也罷了幸而那盃子是我沒吃過的若是我吃過的我就砸碎了也不能給他你要給他我也不管你只交給他快拿了去罷寶玉道自然如此你那裡和他說話去越發連你都腌臢了只交給我就是了妙玉便命人拿來遞給寶玉寶玉接了又道等我們出去了我

叫幾個小么兒來河裡打幾桶水來洗地如何妙玉笑道這更好了只是你囑咐他們抬了水只擱在山門外頭墻根下別進門來寶玉道這是自然的說著便袖著那杯遞給賈母屋裡的小丫頭子拿着說明日劉老老家去給他帶去罷交代明白賈母已經出來要回去妙玉亦不甚留送出山門回身便將門閉了不在話下且說賈母因覺身上乏倦便命王夫人和迎春姐妹陪着薛姨媽去吃酒自已便往稻香村來歇息鳳姐忙命人將小竹椅抬來賈母坐上兩個婆子抬起鳳姐李紈和衆丫頭婆子圍隨去了不在話下這裡薛姨媽也就辭出王夫人打發文官等出去將攢盒散給衆丫頭們吃去自已便也乘空歇着

隨便歪在方纔賈母坐的榻上命一個小丫頭放下簾子來又命搥着腿吩咐他老太太那裡有信你就叫我說着也歪着睡着了寶玉湘雲等看著丫頭們將攢盒擱在山石上也有坐在山石上的也有坐在草地下的也有靠着樹的也有傍着水的倒也十分熱鬧一時又見鴛鴦來了要帶着劉老老逛眾人也都跟着取笑一時來至省親別墅的牌坊底下劉老老道噯呀這裡還有大廟呢說着便爬下磕頭眾人笑彎了腰劉老老道笑什麼這牌樓上的字我都認得我們那裡這樣廟宇最多都是這樣的牌坊那字就是廟的名字眾人笑道你認得這是什麼廟劉老老便抬頭指那字道這不是玉皇寶殿眾人笑的拍

手打掌還要拿他取笑兒劉老老覺的肚裡一陣亂響忙的拉着一個丫頭要了兩張紙就解裙子眾人又是笑又忙喝他這裡使不得忙命一個婆子帶了東北角上去了那婆子指給他地方便樂得走開去歇息那劉老老因喝了些酒他的脾氣和黃酒不相宜且吃了許多油膩飲食發渴多喝了幾碗茶不免通瀉起來蹲了半日方完及出廁來酒被風吹且年邁之人蹲了半天忽一起身只覺眼花頭暈辨不出路徑四顧一望都是樹木山石樓臺房舍却不知那一處是往那一路去的了只得順着一條石子路慢慢的走來及至到了房子跟前又找不着門再找了半日忽見一帶竹籬劉老老心中自忖道這裡也有

扁豆茄子一面想一面順著花障走來得了個月洞門進去只見迎面一帶水池有七八尺寬石頭鑲岸裡面碧波清水上面有塊白石橫架劉老老便踱過石去順着石子甬路走去轉了兩個灣子只見有個房門於是進了房門便見迎面一個女孩兒滿面含笑的迎出來劉老老忙笑道姑娘們把我丟下了叫我磞頭磞到這裡來了說了只覺那女孩兒不答劉老老便赶來拉他的手咕咚一聲却撞到板壁上把頭磞的生疼細瞧了一瞧原來是一幅畫兒劉老老自忖道怎麼畫兒有這樣凸出來的一面想一面看一面又用手摸去却是一色平的點頭嘆了兩聲一轉身方得了個小門門上掛著葱綠撒花軟簾劉老老掀簾進去抬頭一看只見四面墻壁玲瓏剔透琴劍瓶爐皆貼在牆上錦籠紗罩金彩珠光連地下踹的磚皆是碧綠鑿花竟越發把眼花了找門出去那裡有門左一架書右一架屏剛從屏後得了一個門只見一個老婆子也從外面迎着進來劉老老詫異心中恍惚莫非是他親家母因問道你也來了想是見我這幾日沒家去虧你找我來那位姑娘帶進來的又見他戴着滿頭花便笑道你好沒見世面見這裡的花好你就沒死活戴了一頭說著那老婆子只是笑也不答言劉老老便伸手去羞他的臉他也拿手來擋兩個對闖着劉老老一下子却摸著了但覺那老婆子的臉冰凉挺硬的倒把劉老老唬了一跳

猛想起常聽見富貴人家有種穿衣鏡這別是我在鏡子裡頭嗎想畢又伸手一抹再細一看可不是四面雕空的板壁將這鏡子嵌在中間的不覺也笑了因說這可怎麼出去呢一面用手摸時只聽磕碰一聲又嚇的不住的展眼兒原來是西洋機括可以開合不意劉老老亂摸之間其力巧合便撞開消息掩過鏡子露出門來劉老老又驚又喜遂走出來忽見有一副最精緻的床帳他此時又帶了七八分酒又走乏了便一屁股坐在床上只說歇歇不承望身不由己前仰後合的朦朧兩眼一歪身就睡倒在床上且說衆人等他不見板兒沒了他老老急的哭了衆人都笑道別是掉在茅廁裡了快叫人去瞧瞧因命

兩個婆子去找回來說沒有衆人納悶還是襲人想道一定他醉了迷了路順著這條路往我們後院子裡去了要進了花障子打後門進去還有小丫頭子們知道若不進花障子再往西南上去可彀他遶會子好的了我瞧瞧去說着便回來進了怡紅院叫人誰知那幾個小丫頭已偷空頑去了襲人進了房門轉過集錦槅子就聽的鼾齁如雷忙進來只聞見酒屁臭氣滿屋一瞧只見劉老老扎手舞脚的仰卧在床上襲人這一驚不小忙上來將他沒死活的推醒那劉老老驚醒睜眼看見襲人連忙爬起來道姑娘我該死了好歹並沒弄腌臢了床一面說用手去撣襲人恐驚動了寶玉只向他搖手兒不叫他說話忙

將當地大鼎內貯了三四把百合香仍用罩子罩上所喜不曾嘔吐忙悄悄的笑道不相干有我呢你跟我出來罷劉老老答應着跟了襲人出至小丫頭子們房中命他坐下因教他說道你說醉倒在山子石上打了個盹兒就完了劉老老答應是又給了他兩碗茶吃方覺酒醒了因問道這是那個小姐的繡房這麼精緻我就像到了天宮裡的是的襲人微微的笑道這個麼是寶二爺的臥房啊那劉老老嚇的不敢做聲襲人帶他從前面出去見了衆人只說他在草地下睡着了帶了他來的衆人都不理會也就罷了一時賈母醒了就在稻香村擺晚飯賈母因覺懶懶的也沒吃飯便坐了竹椅小敞轎回至房中歇息

命鳳姐兒等去吃飯他姐妹方復進園來未知如何且看下回分解

紅樓夢第四十一回終

紅樓夢第四十二回

蘅蕪君蘭言解疑癖　瀟湘子雅謔補餘音

話說賈母王夫人去後姐妹們復進園來吃飯那劉老老帶著板兒先來見鳳姐兒說明日一早定要家去了雖然住了兩三天日子却不多把古往今來沒見過的沒吃過的沒聽見的都經驗過了難得老太太和姑奶奶並那些小姐們連各房裡的姑娘們都這樣憐貧惜老照看我我這一回去沒別的報答惟有請些高香天天給你們念佛保佑你們長命百歲的就筭我的心了鳳姐兒笑道你別喜歡都是爲你老太太也叫風吹病了躺著嚷不舒服我們大姐兒也着了凉了在那裡發熱呢劉老老聽了忙嘆道老太太有年紀了不慣十分勞乏的鳳姐兒道從來不像昨兒高興往常也進園子逛去不過到一兩處坐坐就來了昨兒因爲你在這裡要叫都逛逛一個園子倒走了多半個大姐兒因爲我找你去太太遞了一塊糕給他誰知風地裡吃了就發起熱來劉老老道妞妞兒只怕不大進園子比不得我們的孩子一會走那個坟圈子裡不跑去一則風拍了也是有的二則只怕他身上干淨眼睛又淨或是遇見什麼神了依我說給他瞧瞧祟書本子仔細撞客着一語提醒了鳳姐兒便叫平兒拿出玉匣記來叫彩明來念彩明翻了一會子念道八月二十五日病者東南方得之有縊死家親女鬼作祟又

遇花神用五色紙錢四十張向東南方四十步送之大吉鳳姐兒笑道果然不錯園子裡頭可不是花神只怕老太太也是遇見了一面命人請兩分紙錢來着兩個人來一個與賈母送祟一個與大姐兒送祟果見大姐兒安穩睡了鳳姐兒笑道到底是你們有年紀的經歷的多我們大姐兒時常肯病也不知是什麼原故劉老老道這也有的富貴人家養的孩子都嬌嫩自然禁不得些兒委屈再他小人兒家過於尊貴了也禁不起已後姑奶奶倒少疼他些就好了鳳姐兒道也是有的我想起來他還沒個名字你就給他起個名字借借你的壽二則你們是庄家人不怕你惱到底貧苦些你們貧苦人起個名字只怕

壓的住劉老老聽說便想了一想笑道不知他是幾時養的鳳姐兒道正是養的日子不好呢可巧是七月初七日劉老老忙笑道這個正好就叫做巧姐兒好這個叫做以毒攻毒以火攻火的法子姑奶奶定依我這名字必然長命百歲日後大了各人成家立業或一時有不遂心的事必然遇難成祥逢凶化吉都從這巧字兒來鳳姐兒聽了自是歡喜忙謝道只保佑他應了你的話就好了說着叫平兒來吩咐道明兒偺們有事恐怕不得閑兒你這會子閒着把送老老的東西打點了他明兒一早就好走的便宜了劉老老道不敢多破費了已經遭擾了幾天又拿着走越發心裡不安了鳳姐兒笑道也沒有什麼不過

隨常的東西好也罷歹也罷帶了去你們街坊鄰舍看着也熱鬧些也是上城一趟說着只見平兒走來說老老過這邊瞧瞧劉老老忙跟了平兒到那邊屋裏只見堆着半炕東西平兒一一的拿給他瞧着又說道這是昨日你要的青紗一疋奶奶另外送你一個實地月白紗做裏子這是兩個繭紬做襖兒裙子都好這包袱裏是兩疋綢子年下做件衣裳穿這是一盒子各樣內造小餑餑兒也有你吃過的也有沒吃過的拿去擺碟子請人比買的強些這兩條口袋是你昨日裝菓子的如今這一個裏頭裝了兩斗御田粳米熬粥是難得的這一條裏頭是園子裏的菓子和各樣乾菓子這一包是八兩銀子這都是我們

奶奶的這兩包每包五十兩共是一百兩是太太給的叫你拿去或者做個小本買賣或者置幾畝地以後再別求親靠友的說着又悄悄笑道這兩件襖兒和兩條裙子還有四塊包頭一包絨線可是我送老老的那衣裳雖是舊的我也沒大狠穿你要棄嫌我就不敢說了平兒說一樣劉老老就念一句佛已經念了幾千佛了又見平兒也送他這些東西又如此謙遜忙笑道姑娘說那裏話這樣好東西我還棄嫌我就有銀子沒處買這樣的去呢只是我怪臊的收了不好不收又辜負了姑娘的心平兒笑道別說外話咱們都是自己我纔這麽着你放心收了罷我還和你要東西呢到年下你只把你們晒的那個灰條

菜和豇豆扁荳茄子乾子葫蘆條兒各樣乾菜帶些來我們這裡上上下下都愛吃這個就算了別的一概不要別罔費了心劉老老千恩萬謝的答應了平兒道你只管睡你的去我替你收拾妥當了就放在這裡明兒一早打發小廝們僱輛車裝上不用你費一點心兒劉老老越發感激不盡過來又千恩萬謝的辭了鳳姐兒過賈母這邊睡了一夜次早梳洗了就要告辭因賈母欠安衆人都過來請安出去傳請大夫一時婆子回大夫來了老嬷嬷請賈母進幔子去坐賈母道我也老了那裡養不出那阿物兒來還怕他不成不用放幔子就這樣瞧罷衆婆子聽了便拿過一張小棹子來放下一個小枕頭便命人請一

時只見賈珍賈璉賈蓉三個人將王太醫領來王太醫不敢走甬路只走傍堦跟着賈珍到了台堦上早有兩個婆子在兩邊打起簾子兩個婆子在前導引進去又見寶玉迎接出來見賈母穿着青縐紬一斗珠兒的羊皮褂子端坐在榻上兩邊四個未留頭的小丫鬟都拿着蠅刷漱盂等物又有五六個老嬷嬷雁翅擺在兩傍碧紗厨後隱隱約約有許多穿紅着綠戴寶插金的人王太醫也不敢抬頭忙上來請了安賈母見他穿着六品服色便知是御醫了含笑問供奉好因問賈珍這位供奉貴姓賈珍等忙回姓王賈母笑道當日太醫院正堂有個王君効好脉息王太醫忙躬身低頭含笑因說那是晚生家叔祖賈母

聽了笑道原來這樣也算是世交了一面說一面慢慢的伸手放在小枕頭上嬤嬤端著一張小杌子放在小桌前面略偏些王太醫便盤著一條腿兒坐下歪着頭胗了半日又胗了那隻手忙欠身低頭退出賈母笑說勞動了珍哥讓出去好生看茶賈珍賈璉等忙答應了幾個是復領王太醫到外書房中王太醫說太夫人並無別症偶感了些風寒其實不用吃藥不過略清淡些常煖著點兒就好了如今寫個方子在這裡若老人家愛吃便按方煎一劑吃若懶怠吃也就罷了說着吃茶寫了方子剛要告辭只見奶子抱了大姐兒出來笑說王老爺也瞧瞧我們王太醫聽說忙起身就奶子懷中左手托着大姐兒的手右手胗了一胗又摸了一摸頭又叫伸出舌頭來瞧瞧笑道我要說了妞兒該駡我了只要清清淨淨的餓兩頓就好了不必吃煎藥我送點丸藥來臨睡用薑湯研開吃下去就好了說畢告辭而去賈珍等拿了藥方來回明賈母原故將藥方放在案上出去不在話下這裡王夫人和李紈鳳姐兒寶釵姐妹等見大夫出去方從櫥後出來王夫人略坐一坐也回房去了劉老老見無事方上來和賈母告辭賈母說閒了再來又命鴛鴦來好生打發劉老老出去我身上不好不能送你劉老老道了謝又作辭方同鴛鴦出來到了下房鴛鴦指炕上一個包袱說道這是老太太的幾件衣裳都是往年間生日節下衆人孝敬的

老太太從不穿人家做的收着也可惜却是一次也沒穿過的
昨日叫我拿出兩套來送你帶了去或送人或自巳家裡穿罷
這盒子裡頭是你要的麵菓子這包兒裡頭是你前兒說的藥
梅花點舌丹也有紫金錠也有活絡丹也有催生保命丹也有
每一樣是一張方子包著總包在裡頭了這是兩個荷包帶着
頑罷說着又抽開繫子掏出兩個筆定如意的錁子來給他瞧
又笑道荷包你拿去這個留下給我罷劉老老巳喜出望外早
又念了幾千佛聽鴛鴦如此說便忙說道姑娘只管留下罷鴛
鴦見他信以爲真笑着仍給他裝上說道哄你頑呢我有好些
呢留著年下給小孩子們罷說着只見一個小丫頭拿着個成

窰鍾子來遞給劉老老說這是寶二爺給你的劉老老道這是
那裡說起我那一世修來的今兒這樣說着便接過來鴛鴦道
前兒我叫你洗澡換的衣裳是我的你不棄嫌我還有幾件也
送你罷劉老老又忙道謝鴛鴦果然又拿出幾件來給他包好
劉老老又要到園中辭謝寶玉和衆姊妹王夫人等去鴛鴦道
不用去了他們這會子也不見人回来我替你說罷閒了再來
又命了一個老婆子吩咐他二門上叫兩個小厮來幇著老老
拿了東西送去婆子答應了又和劉老老到了鳳姐兒那邊一
併拿了東西在角門上命小厮們搬出去直送劉老老上車去
了不在話下且說寶釵等吃過早飯又往賈母處問安回園至

分路之處寶釵便叫黛玉道顰兒跟我來有一句話問你黛玉便笑着跟了來至蘅蕪苑中進了房寶釵便坐下笑道你還不給我跪下我要審你呢黛玉不解何故因笑道你瞧寶丫頭瘋了審我什麼寶釵冷笑道好個千金小姐好個不出屋門的女孩兒滿嘴裡說的是什麼你只寔說罷黛玉不解只管發笑心裡也不免疑惑口裡只說我何曾說什麼你不過要捏我的錯兒罷咧你倒說出來我聽聽寶釵笑道你還裝憨兒呢昨兒行酒令兒你說的是什麼我竟不知是那裡來的黛玉一想方想起昨兒失於檢點那牡丹亭西廂記說了兩句不覺紅了臉便上來摟着寶釵笑道好姐姐原是我不知道隨口說的你教給

我再不說了寶釵笑道我也不知道聽你說的怪好的所以請教你黛玉道好姐姐你別說給別人我再不說了寶釵見他羞的滿臉飛紅滿口央告便不肯再往下問因拉他坐下吃茶款款的告訴他道你當我是誰我也是個淘氣的從小兒七八歲上也夠個人纏的我們家也算是個讀書人家祖父手裡也極愛藏書先時人口多姊妹弟兄也在一處都怕看正經書弟兄們也有愛詩的也有愛詞的諸如這些西廂琵琶以及元人百種無所不有他們背着我們偷看我們也背着他們偷看後來大人知道了打的打罵的罵燒的燒丟開了所以咱們女孩兒家不認字的倒好男人們讀書不明理尚且不如不讀書的好

何況你我連做詩寫字等事這也不是你我分內之事究竟也不是男人分內之事男人們讀書明理輔國治民這纔是好只是如今並聽不見有這樣的人讀了書倒更壞了這並不是書誤了他可惜他把書遭塌了所以竟不如耕種買賣倒沒有什麼大害處至於你我只該做些針線紡績的事纔是偏又認得幾個字既認得了字不過揀那正經書看也罷了最怕見些雜書移了性情就不可救了一夕話說的黛玉垂頭吃茶心下暗服只有答應是的一字忽見素雲進來說我們奶奶請二位姑娘商議要緊的事呢二姑娘三姑娘四姑娘史姑娘寶二爺都等著呢寶釵道又是什麼事黛玉道偺們到了那裡就知道了說著便和寶釵往稻香村來果見眾人都在那裡李紈見了他兩個笑道社還沒起就有脫滑兒的了四丫頭要告一年的假呢黛玉笑道都是老太太昨兒一句話又叫他畫什麼園子圖兒惹的他樂得告假了探春笑道也別怪老太太都是劉老老一句話黛玉忙笑接道可是呢都是他一句話他是那一門子的老老直叫他是個母蝗虫就是了說着大家都笑起來寶釵笑道世上的話到了二嫂子嘴裡也就盡了幸而二嫂子不認得字不大通不過一槩是市俗取笑兒更有顰兒這促狹嘴他用春秋的法子把市俗粗話撮其要刪其繁再加潤色比方出來一句是一句這母蝗虫三字把昨兒那些形景都畫出來了

虧他想的倒也快眾人聽了都笑道你這一註解也就不在他兩個以下了李紈道我請你們大家商議給他多少日子的假我給了他一個月的假他嫌少你們怎麼說黛玉道論理一年也不多這園子蓋就蓋了一年如今要畫自然得二年的工夫呢又要研墨又要蘸筆又要鋪紙又要着顏色又要剛說到這裡黛玉也自己掌不住笑道又要照著樣兒慢慢的畫可不得二年的工夫眾人聽了都拍手笑個不住寶釵笑道有趣最妙落後一句是慢慢的畫他可不畫去怎麼就有了呢所以昨兒那些笑話兒雖然可笑回想是沒趣的你們細想顰兒這幾句話雖沒什麼回想却有滋味我倒笑的動不得了惜春道都是寶姐姐讚的他越發逞強這會子又拿我取笑兒黛玉忙拉他

笑道我且問你還是單畫這園子呢還是連我們眾人都畫在上頭呢惜春道原是只畫這園子昨兒老太太又說單畫園子成了房樣子了叫連人都畫上就像行樂圖兒纔好我又不會這工細樓臺又不會畫人物又不好駁回正為這個為難呢黛玉道人物還容易你草虫兒上不能李紈道你又說不通的話了這上頭那裡又用草虫兒呢或者翎毛倒要點綴一兩樣黛玉笑道别的草虫兒罷了昨兒的母蝗虫不畫上豈不缺了典呢眾人聽了都笑起來黛玉一面笑的兩隻手捧着胸口一面說道你快畫罷我連題跋都有了起了名字就叫做携蝗大嚼

圖衆人聽了越發閧然大笑的前仰後合只聽咕咚一聲响不知什麽倒了急忙看時原來是湘雲伏在椅子背兒上那椅子原不曾放穩被他全身伏着背子大笑他又不防兩下裡錯了笋向東一歪連人帶椅子都歪倒了幸有板壁擋住不曾落地衆人一見越發笑個不住寶玉忙赶上去扶住了起來方漸漸止了笑寶玉和黛玉使個眼色兒黛玉會意便走至裡間將鏡袱揭起照了照只見兩鬢畧鬆了些忙開了李紈的粧奩拿出抿子來對鏡抿了兩抿仍舊收拾好了方出来指著李紈道這是叫你帶著我們做針線教道理呢你反招了我們來大頑大笑的李紈笑道你們聽他這刁話他領着頭兒鬧引着人笑了

倒賴我的不是真真恨的我只保佑你明兒得一個利害婆婆再得幾個千刁萬惡的大姑子小姑子試試你那會子還這麽刁不刁了黛玉早紅了臉拉着寶釵說偺們放他一年的假罷寶釵道我有一句公道話你們聽聽藕丫頭雖會畫不過是幾筆寫意如今畫這園子非離了肚子裡頭有些邱壑的如何成畫這園子却是像畫兒一般山石樹木樓閣房屋遠近疎密也不多也不少恰恰的是這樣你若照樣兒往紙上一畫是必不能討好的這要看紙的地步遠近該多該少分主分賓該添的要添該藏該減的要藏要減該露的要露這一起了稿子再端詳斟酌方成一幅圖樣第二件這些樓臺房舍是必要界劃的

一點兒不留神欄杆也歪了柱子也塌了門窗也倒豎過來堦磯也離了縫甚至桌子擠到墻裡頭去花盆放在簾子上来豈不倒成了一張笑話兒了第三要安揷人物也要有疎密有高低衣摺裙帶指手足步最是要緊一筆不細不是腫了手就是瘸了脚染臉撕髮倒是小事依我看來竟難的狠如今一年的假也太多一月的假也太少竟給他半年的假再派了寶兄弟幫着他並不是爲寶兄弟知道教着他畫那就更悞了事爲的是有不知道的或難安挿的寶兄弟拿出去問問那會畫的先生們就容易了寶玉聽了先喜的說這話極是詹子亮的工細樓臺就極好程日興的美人是絕技如今就問他們去寶釵道

我說你是無事忙說了一聲你就問他去也等着商議定了再去如今且說拿什麼畫寶玉道家裡有雪浪紙又大又托墨寶玉冷笑道我說你不中用那雪浪紙寫字畫寫意畫兒或是會山水的畫南宋山水托墨禁得皴染拿了畫這個又不托色又難烘畫也不好紙也可惜我教給你一個法子原先蓋這園子就有一張細緻圖様雖是畫工描的那地步方向是不錯的你和太太要出来也比着那紙的大小和鳳姐姐要一塊重絹交給外邊相公們叫他照着這圖様刪補着立了稿子添了人物就是了就是配這些青緑顔色並泥金泥銀也得他們配去你們也得另攏上風爐子預備化膠出膠洗筆還得一個粉油大

案鋪上粘子你們那些碟子也不全筆也不全都從新再弄一分兒纔好惜春道我何曾有這些畫器不過隨手的筆畫畫罷了就是顏色只有赭石廣花籐黃胭脂這四樣再有不過是兩支着色的筆就完了寶釵道你何不早說這些東西我却還有只是你用不著給你也白放着如今我且替你收着等你用著這個的時候我送你些也只可留著畫扇子若畫這大幅的也就可惜了今兒替你開個單子照着單子和老太太要去你們也未必知道的全我說着寶兄弟寫寶玉早已預備下筆硯了原怕記不清白要寫了記着聽寶釵如此說喜的提起筆來靜聽寶釵說道頭號排筆四支二號排筆四支三號排筆四支大

染四支中染四支小染四支大南蟹爪十支小蟹爪十支鬚眉十支大着色二十支小着色二十支開面十支柳条二十支箭頭珠四兩南赭四兩石黃四兩石青四兩石綠四兩管黃四兩廣花八兩鉛粉十四匣胭脂十二帖大赤二百帖青金二百帖廣勻膠四兩淨礬四兩礬絹的膠礬在外別管他們只把絹交出去叫他們礬去這些顏色僧們淘澄飛跌着又頑了又使了包你一輩子都彀使了再要頂細絹籮四個粗籮二個担筆四支大小乳鉢四個大粗碗二十個五寸碟子十個三寸粗白碟子二十個風爐兩個沙鍋大小四個新磁缸二口新水桶二隻一尺長白布口袋四個浮炭二十觔柳木炭一二觔三屜木箱

一個實地紗一丈生薑二兩醬半觔黛玉忙笑道鐵鍋一口鐵鏟一個寶釵道這做什麼黛玉道你要生薑和醬這些作料我替你要鐵鍋來好炒顏色吃啊衆人都笑起來寶釵笑道顰兒你知道什麼那粗磁碟子保不住不上火烤不拿薑汁子和醬預先抹在底子上烤過一經了火是要炸的衆人聽說都道這就是了黛玉又看了一回單子笑着拉探春悄悄的道你瞧瞧畫個畫兒又要起這些水缸箱子來想必糊塗了把他的嫁裝單子也寫上了探春聽了笑個不住說道寶姐姐你還不擰他的嘴你問問他編派你的話寶釵笑道不用問狗嘴裡還有象牙不成一面說一面走上來把黛玉按在炕上便要擰他的臉

黛玉笑著忙央告道好姐姐饒了我罷顰兒年紀小只知說不知道輕重做姐姐的教導我姐姐不饒我我還求誰去呢衆人不知話內有因都笑道說的好可憐見兒的連我們也軟了饒了他罷寶釵原是和他頑恐聽他又拉扯上前番說他胡看雜書的話便不好再和他鬧了放起他來黛玉笑道到底是姐姐要是我再不饒人的寶釵笑指他道怪不得老太太疼你衆人愛你今兒我也怪疼你的了過來我替你把頭髮籠籠黛玉果然轉過身來寶釵用手籠上去寶玉在傍看著只覺更好不覺後悔不該令他抿上鬢去也該留着此時叫他替他抿上去正自胡想只見寶釵說道寫完了明兒回老太太去若家裡有

的就罷君没有的就拿些錢去買了來我幫着你們配寶玉忙
收了单子大家又說了一回閑話兒至晚飯後又往賈母處來
請安賈母原没有大病不過是勞乏了兼着了些凉温存了一
日又吃了一兩劑藥發散了發散至晚也就好了不知次日又
有何話下回分解

紅樓夢第四十二回終